HELGARD BAUHARDT

GERECHTIGKEIT leben ist gesundes LEBEN

Wissen Sie, Frau Doktor.......
ein Gedächtnisprotokoll

*aus meiner Erinnerung als Ärztin,
aufgeschrieben 1998 und später ergänzt*

Von barmherzigen und unbarmherzigen Samaritern in
deutschen Medizinsystemen

Arzt und/oder Widerstandskämpfer?

⊤ tredition

© 2023 Bauhardt

Verlagslabel: PSYCHOPOESIE
Cover, gemalte Bilder: Helgard Bauhardt
ISBN 978-3-384-06616-9

Druck und Distribution im Auftrag der Autorin:
tredition GmbH, Heinz-Beusen-Stieg 5, 22926 Ahrensburg,
Deutschland

ZWISCHENMENSCHLICHKEIT

Die Linie
die GRENZE
läuft nicht zwischen
Generationen
Klassen
Gruppen
Ländern
Arm und Reich
Ost und West
Mann und Frau
sondern, mitten durchs Herz

Wer einen Menschen liegen läßt am Boden
niederschlägt
oder, ihn aufhebt
da liegt die Grenze
die wahre GRENZE
der MENSCHLICHKEIT

1997

Die tätige Liebe ist der Schlüssel zum Menschen

Gestern las ich in meinen Memoiren, hatte eine Geschichte gesucht und nicht gefunden. Was ich aber fand, war entsetzlich. Kurze Sequenzen über das Medizinsystem. Ja, es hatte System. Was waren das für Menschen. Waren das die destruktiven Spuren von Befehl und Gehorsam in einem ungesunden Medizinsystem? Mußte nicht das System gesunden und brauchte eine Therapie?
Zugleich wurde ich an Reiner Kunzes "die wunderbaren Jahre" erinnert, wo er die stalinistischen Erziehungsmethoden im DDR-System in kurzen Sequenzen ausdrückte und doch alles sagte. Hatte ich nicht auch "wunderbare Jahre" im Medizinsystem erlebt?

Wer hat mich je unterstützt? War es nicht die Dankbarkeit, die Freundlichkeit und das geschenkte Vertrauen von Patienten, was mich ermutigt und getragen hat? War es nicht der Eid des Hippokrates, nach bestem Wissen und Gewissen zu handeln, bis an die mögliche Grenze zu gehen, alle Möglichkeiten auszuschöpfen, bis ich wirklich sagen konnte "das ist die Grenze".

War es beim Diagnostizieren nicht auch so? Sehr breit schauen, um nicht von vornherein eine mögliche, unmöglich scheinende Diagnose auszuschließen? Was könnte es sein, und nicht nur "das ist es nicht, und das ist es nicht", sondern zu fragen "was könnte es sein", um dann erst auszuschließen, einzugrenzen und in die Tiefe des Suchens zu gehen. Also schaute ich breit und dann erst tief.

Wenn ich zum Beispiel an ein Kind mit einer Histiocytose und Atembeschwerden denke, das Thorax-Röntgenbild aber normal war, ich aber sagte, es könnte ein Gerüstbefall der Lunge sein, der im Röntgenbild nicht sichtbar ist und mich ein Kinderarzt etwas verblüfft anschaute, dann aber nach zwei Wochen fragte, ob das Kind eine Lungengerüsterkrankung haben könnte .... Und es war leider so. Wenn ich geschrieben hätte, röntgenologisch alles o.k., hätte es gestimmt, und doch lagen zwischen meiner Interpretation und dieser

Welten, denn ich hatte sowohl Krankheitsbild als auch Röntgenbild im Auge. Und das machte ja auch die Besonderheit der Radiologie aus, die Interdisziplinarität, bzw. die interdisziplinäre Zusammenarbeit.

Wer nicht über seine Fachgrenzen hinaus denken kann, kann nun mal nicht so besonders weit sehen.
Mein Interesse, Zusammenhänge zu erkennen und in Zusammenhängen zu denken, war schon sehr früh ausgeprägt und vor allem das Interesse am erkrankten Menschen, ihm so gut wie möglich zu helfen, wie die Hilfe konkret auch immer aussehen mochte.

Wir sind nicht nur vor unserem Gewissen, sondern auch für unser Gewissen verantwortlich, das hörte ich einmal 1999 auf dem evangelischen Kirchentag in Stuttgart. Menschlichkeit heilt, Gewissens-Fortbildung wird Pflichtfach, so habe ich es bereits in einem veröffentlichten anderen Buch benannt.

Albumblatt

Willst du bequem durch dieses Leben kommen,
So mußt du ja nicht etwa aufrecht stehn,
kein kleinster Hügel sei von dir erklommen,
Und nie darf man dich oben einsam sehn.
Das „jemand sein" ist offiziell verboten,
und Eigenart kriegt immer schlechte Noten.

Nein, laß dich in der großen Herde schieben,
Auf allen Vieren im kommoden Trott
Mit Aug und Nas am Boden fein geblieben
Und brav gehorcht auf jedes Hü und Hott
Dann wirst du nie gefährlich umgestaltend
vielmehr im Gegenteil, höchst staatserhaltend.

Nur so erlangst du angenehme Rundung
Bringst Leib und Geist in edle Harmonie,
Denn Fettansatz zeigt sittliche Gesundung,
und Mag're taugen selten oder nie.
Erziehungszweck ist - lerne das begreifen:
Dir Hörner, Ecken, Knochen abzuschleifen.

Folgst du immer fromm den Oberhammeln
und sagst nur bäh, wenn alle Hammel bähn
Dann werden sie dir nie ein Tor verrammeln,
Nicht Neid und Mißgunst wird dein Treiben schmähn.
Und so Gott will, kannst du in allen Ehren
Dich vermählen und sogar vermehren.

Die Eigensinn'gen sind die Außenseiter,
Und ihnen blüht kein fettes Paradies,

Das sind die Ärgernis- und Pestverbreiter,
Die, deutsch gesprochen, Lumpen und Genies.
Ach, selbst die mittleren Geister und Talente
verbergen oft zweideut'ge Elemente.

Dann wähle, junges Volk! Du sahst die Wege
Den steilen Bergpfad und im Tal den zahmen
Bedenk es wohl! Am wilden Schwindelstege
Trefft ihr nur selten feine Herren und Damen!
Doch merkt euch eins zu eurem Nutz und Frommen
Man kann in Ehren auch tief runterkommen.

Ernst von Wolzogen, 1919

1990 in einer Thüringer Universitätsklinik, in einer Strahlentherapie-
abteilung:

*Frau Doktor, ich habe Krebs und auch Metastasen, meine Tochter ist noch in der Ausbildung und noch nicht wirtschaftlich selbständig. Darum muß ich und will ich noch so lange leben, bis sie mit der Ausbildung fertig ist. Aber wissen Sie, wovor ich Angst habe? Ich habe Angst, wieder gesund zu werden. Das wäre das Schlimmste, denn ich bin über 50 und wäre dann arbeitslos. - - - - - - - - - - - - - - -
- -
- -*

1994 in einer Universitätsklinik in Baden-Würtemberg, Strahlen-
therapieabteilung, kurz nach einer beendeten Strahlentherapie bei
Krebs:
*Frau Doktor, ich habe Angst, noch zu Hause zu bleiben und noch
eine Weile auszuruhen und dann wieder allmählich in den
Arbeitsprozeß zu gehen, wie Sie es geraten haben. Wie lange wird
das der Chef dort noch mitmachen? Und ansehen tut man mir meine
Krankheit doch nicht, und Fieber habe ich auch nicht, und im Bett
liegen muß ich auch nicht.*
*Wissen Sie? Angst vor dem Tod habe ich nicht, aber Angst vor dem
Leben, Angst, daß ich meinen Arbeitsplatz verlieren könnte.- - - - - - -*
- -
- -

1996 in einer Universitätsklinik in Baden-Würtemberg, Strahlen-
therapieambulanz, ein gelähmter Patient mit Metastasen, als verwirrt
angekündigt, aus einem Krankenhaus kommend. Frau B. spricht mit
ihm, und er spricht ganz klar, und er sagt:
*Frau Doktor, die Schwestern im Krankenhaus sind dort so hart. Sie
geben mir nicht zu trinken, wenn ich danach verlange und lassen
mich auch nicht mit meiner Frau telefonieren. Wissen Sie, so
schlimm war es nicht einmal in der Kriegsgefangenschaft in
Rußland.*
Frau B. war betroffen, und sie nahm ihn in ihre Arme und gab ihm
zu trinken. Sie weinten beide, und er sagte: *Sie haben mir das Leben
gerettet. Jetzt weiß ich, was ich zu tun habe.* Er telefonierte mit seiner
Frau und besprach es. -
- -
- -

1996 in einer Universitätsklinik in Baden-Würtemberg, während
einer Strahlentherapiebehandlung:
*Frau Doktor, wissen Sie, es ist schön, daß ich hier bin und daß ich
mich mit Ihnen unterhalten kann. Ich hatte so ein schweres Leben.
Ich war ein uneheliches Kind und bekam die ganze Mißachtung
meiner Mitmenschen zu spüren. Dann habe ich geheiratet. Mein
Mann war sehr lieb zu mir. Das waren meine schönsten Jahre. Dann
ist er gestorben. Dann hatte ich noch einen Pudel, das war meine
ganze Liebe, und jetzt ist er auch gestorben. Und jetzt bin ich ganz
einsam. Ich habe zwar zwei große Töchter, aber- - - - - - - - - - - - -
Wissen Sie, ich vergesse alles, ich habe gar kein richtiges Gedächt-
nis mehr.*
Frau B. nahm sie in die Arme, und sie weinten beide.
*Ich weiß gar nicht, wann mich ein Mensch das letzte Mal in seine
Arme geschlossen hat,* sagte sie, und Frau B. dachte das auch.- - - - -
- -
- -

1996 in einer Universitätsklinik in Baden-Würtemberg, Strahlentherapieabteilung:

Eine schwerstkranke Patientin, selbst Krankenschwester und aus den
neuen Bundesländern stammend, liegt in Bauchlage auf dem
Bestrahlungstisch, umgeben von hartherzigen MTR, denn der
Ehemann der Patientin hatte eine MTR am Telefon mit Fräulein
angeredet, was wie ein Verbrechen geahndet wurde. Die Patientin
wurde an letzte Stelle auf die Warteliste gesetzt, obwohl sie starke
Schmerzen hatte und ihre Lebenszeit sehr begrenzt schien. Als dann
eine andere Patientin ausfiel, hat Frau B. die Patientin dann
vorgezogen, was dann Frau B. gegenüber von den MTR geahndet
wurde, indem Frau B. die Patientin allein auf der Trage zur
Simulation fahren mußte.

An einer Sammlung für eine obdachlose Krebspatientin, die Frau B.
initiiert hatte, beteiligte sich die Berufsgruppe der MTR im
Gegensatz zu den anderen Berufsgruppen geschlossen nicht.

Na, wie geht es Ihnen, Frau P., fragte Frau B., als Frau P. in
Bauchlage auf dem Bestrahlungstisch lag und eine keuchende
ächzende Antwort, mit leicht erhobenem Kopf, gab: *Gut, Frau
Doktor, - - - wenn ich Sie sehe.* -
- -
- -

1996 in einer Universitätsklinik in Baden-Würtemberg, ein schwer-
kranker Krebspatient mit Bronchialcarcinom, mürrisch:
Frau B. reicht ihm die Hand zur Begrüßung. Er gibt ihr seine Hand
nicht. Ein Gespräch ist kaum möglich, und er gibt keine Auskunft
über sich. Sie müht sich ab, wird ärgerlich und sagt ihm, daß er sich
doch endlich auch mal ein bißchen bemühen möchte. Da wird er
lebendig und spricht über sich:
*Wissen Sie, Frau Doktor, Schuld sind eigentlich die Amerikaner, daß
ich rauche. Als sie 1945 kamen und uns Zigaretten anboten, uns
Jungen, da haben die sich doch einen Jux gemacht, als wir husteten,
als wir unsere erste Zigarette rauchten.* - - - - - - - - - - - - - - - - - - -
- -
- -

1996 in einer Universitätsklinik in Baden-Würtemberg, Strahlentherapieabteilung, Gespräch mit einem Professor dort:
*Also wissen Sie, Frau B., Vitamine werden in dieser Abteilung nicht
verschrieben, das ist Alternativmedizin und nicht wissenschaftlich
belegt.*
*Aber, Herr Professor, das ist ein Patient mit bestrahlten Mund-
schleimhäuten, die schlecht heilen und außerdem kann er Obst nicht
zu sich nehmen, da es zu sehr brennt. Wie sollen denn da die
Mundschleimhäute heilen, bei diesem Vitamindefizit. Und außerdem
ist das doch schon Allgemeinwissen.*
Übrigens, Frau B., antwortete der Professor, *haben Sie sich schon
einmal überlegt, ob die Universität das Richtige für Sie ist?* - - - - - -
- -
- -

1985 in einer Universitätsklinik in Thüringen, Gespräch mit einem Professor:

Wissen Sie, Frau B., es kommt für das weitere Fortkommen an der Universität nicht darauf an, wer was kann oder nicht. Ich kann jeden hochschießen, auch wenn er noch so dumm ist, wenn ich das will. Wollen Sie?- -

Der gleiche Professor sagte zu Frau B., daß sie jetzt wissenschaftlich tot sei, als sie ihr zweites Kind bekam. Außerdem meinte er, daß Wissenschaft Hobby sei und Hobbys in der Freizeit gemacht werden.

Als dann die Wende 1989/1990 war, sollten dann nur die Hobbys bei der Evaluation der ÄrztInnen berücksichtigt werden. Frau B. und noch jemand aus dem medizinischen Bereich protestierten und erreichten, daß auch die medizinische Betreuung von Patienten berücksichtigt wurde. -

1977 in einer Universitätsklinik in Thüringen, Gespräch mit einer Fachärztin für Radiologie, als Frau B. sich weigerte, bei Verdacht auf Schwangerschaft sich in der Durchleuchtung Röntgenstrahlen auszusetzen:
Wissen Sie, Frau B., als ich schwanger war, da habe ich noch bis zum 3. Schwangerschaftsmonat Durchleuchtungen durchgeführt, als ob Frau B. sich ein Beispiel an ihr nehmen sollte.
Ja, ein abschreckendes Beispiel. Was für eine verantwortungslose Mutter, armes Kind. -
- — - - - - - - - - - - - - -
- -

1976 in einer Universitätsklinik in Thüringen, Gespräch mit einem älteren Oberarzt:

Wissen Sie, Herr Oberarzt, was kann ich denn noch machen? Gibt es nicht noch eine Möglichkeit?

Die Antwort war "*Nichts*". Das war alles, kein Kommentar, keine Gespräch, kein Bedauern. Der Patient war 19 Jahre alt und hatte Krebsmetastasen. Frau B. war gerade mal 24 Jahre.

Anmerkung: Er hat sich weder Akte noch Patient angeschaut, und Frau B. war gerade mal ca. 5 Monate in der Strahlentherapie tätig und hatte noch nicht so viel Erfahrung. Er war ein älterer netter Herr, alter Offizier der Wehrmacht. -
- -
- -

1997 in einem Krankenhaus in Niedersachsen, während einer Chef-
visite:
Die Schwester klagt: *Die Patientin macht gar nicht mit, liegt faul im
Bett, ist antriebsarm und depressiv.*
Antwort des Chefarztes: *Mehr antreiben.*
Wenige Tage später war die Patientin tot. Sie hatte ein metastasie-
rendes Krebsleiden.
Anmerkung: Frau B. denkt ganz plötzlich an KZ-Ärzte und Eutha-
nasieschwestern, aber wir haben ja Gott sei Dank 1997. - - - - - - - -
- - - - - - - - - — -
- -

1997 in einem Krankenhaus in Niedersachsen, eine ältere bettlägrige
Patientin, nicht in der Lage, selber zu essen und bei der Schonkost
vom Stationsarzt angeordnet war:
Zufälligerweise überschnitt sich die Visite mit der Mittagszeit. Die
Patientin hat Vollkost bekommen, ist schläfrig, das Essen steht
unmittelbar vor ihr auf einem Betttisch, sie hat keinen Bissen
angerührt und die Schwester ist gerade dabei, im Zimmer das
Geschirr wegzuräumen. Der Stationsarzt ist entrüstet, daß die
Patientin keine Schonkost bekommen hat. Außerdem muß angeord-
net werden, daß die Patientin gefüttert wird. So eine Anordnung hat
Frau B. in ihrem ganzen Berufsleben noch nicht erlebt.
Anmerkung: In so einem Krankenhaus kann man verhungern, und es
merkt (fast) keiner.
Und als Frau B. es später einem evangelischen Pfarrer voller
Entsetzen erzählte, war das für ihn ganz normal, *so ist es eben in den
Krankenhäusern in Deutschland.* -
- -
- -

1993 in einer Universitätsklinik in Thüringen, Gespräch mit einem Oberarzt, ca. 5 Jahre jünger, ehemaliges SED-Mitglied, bei einem Symposium in Würzburg:
Aber Frau B., was haben denn Sie hier zu suchen?
Anmerkung: In der Klinik hat Herr Y nichts von dem Symposium eingebracht, sein Wissen nur für sich behalten, diskutiert hat er beim Symposium auch nicht.
Hätte Frau B. vielleicht lieber fragen sollen: *Aber, Herr Y, was haben Sie denn dort zu suchen gehabt?* -
- -
- -

Gleicher Oberarzt, noch während seiner Assistenzarztzeit, über eine Oberärztin.
Wissen Sie, Frau B., von einer Frau lasse ich mir nichts sagen.
Frau B. antworte ihm darauf: *Mir ist es egal, ob eine Frau oder ein Mann mir etwas sagen, aber er bzw. sie sollte mir etwas vormachen, d.h. etwas können, fachlich was drauf haben.* - - - - - - - - - - - - - - - -
- -
- -

1984 in einem Krankenhaus in Thüringen, Gespräch mit dem Ärztlichen Direktor, nachdem Frau B. aufgefallen war, daß die Sauerstoffflaschen für Notfälle in der dortigen Röntgenabteilung leer waren, obwohl sie nicht gebraucht worden waren.
Frau B., Sie wollen doch nicht etwa sagen, daß das Sabotage ist?
Ja, genau das will ich sagen, meinte sie.
Es passierte nichts. Frau B. ließ die Flaschen von einem Medizintechniker des Krankenhauses überprüfen, sie waren alle in Ordnung.
Anmerkung eines nahen Verwandten (kein Mediziner) von Frau B.:
Das ist eben so. Menschen sind nun mal nur Material.- - - - - - - - - -
- -
- -

1997 Gespräch mit einem nahen Verwandten, niedergelassener Arzt:
Weißt Du, H., früher war ich Krankenhausarzt und da habe ich auf die Selbständigen geschimpft, und jetzt bin ich selbständig und schimpfe auf die Krankenhausärzte. So ist es nun mal. Außerdem, man muß den anderen Ärzten nur so richtig Angst vor der Niederlassung machen, damit sich keiner mehr niederläßt.
Anmerkung: Im Konkurrenzdenken war er immer schon besonders gut bzw. ausgezeichnet. -
- -
- -

1997 in einer Universitätsklinik in Baden-Würtemberg, Gespräch
mit einem Oberarzt:
*Wissen Sie, Frau B., an der Universität ist das nun mal so, daß die
Arbeit schwer gemacht wird. Aber es muß ja dann doch irgendwie
klappen. Darum sind auch so viele Ärzte erforderlich, damit es
überhaupt noch funktioniert.* -
- -
- -

1997 Gespräch mit dem gleichen Oberarzt wegen einer Patientin
jüngeren Alters, Krebspatientin, 4 Kinder:
Bitte von Frau B., die Patientin doch anders zu bestrahlen, da
vielleicht doch die Möglichkeit auf Heilung besteht, mit dem
Hinweis, daß sie derartige schlimme Fälle in Thüringen schon geheilt
hat und ihr eine Patientin Ansichtskarten aus aller Welt schreibt.
Antwort: *Wird nicht so gemacht, wo publiziert? Außerdem sind die
Nebenwirkungen zu hoch.* -
- -
- -

1989 in einer Universitätsklinik in Thüringen, Wendezeit, wöchentliche Dienstbesprechung am Montag:
Bemerkung des älteren Oberarztes, früherer Offizier der Wehrmacht:
Nicht wahr, D., bei uns war alles in Ordnung, es waren ja die anderen.
Alle Ärzte und Naturwissenschaftler haben dazu geschwiegen, außer Frau B., denn sie warf dem Direktor der Klinik geistige Unterdrückung der Ärzte vor und sagte sinngemäß:
Als ich während meiner Tätigkeit in einem Kreiskrankenhaus zu Kongressen fuhr, sah ich Ärzte aus Leipzig, Dresden und anderen Städten, aber ich sah keine Ärzte aus unserer Klinik? Wo waren sie denn? Und es geht nicht darum, daß Sie bleiben oder gehen, sondern, daß sich hier etwas ändert.
Er erwiderte wohl nichts, wußte er doch, daß sie recht hatte. Anfangs hatte er die SED-Genossen aufgefordert, aus der SED auszutreten, denn er tue es auch.
Anmerkung: Ja, so kann man sich schnell reinwaschen und keine Verantwortung übernehmen, sondern verantwortungslos im neuen System weiter agieren und ohne nachzudenken, mitlaufen im Mainstream. -

1993 in einer Universitätsklinik in Thüringen, der alte Chef verläßt die Klinik von sich aus. Die Evaluation hatte er wohl aus politischen Gründen nicht überstanden:

Er ging dann in eine Radiologie-Praxis in die westlichen Bundesländer, hat dort mit 53 Jahren noch einmal neu begonnen, was Frau B. auch irgendwie mit Respekt betrachten konnte.

Er verabschiedete sich nicht, schrieb aber einen Brief an die verschiedenen Stationen. Seine Frau arbeitete weiter in der Klinik, zumal er weiter im eigenen Haus in Thüringen lebte.

Die Bemerkung seiner Frau ließ Frau B. aufhorchen:

Er hat gesagt, daß Sie, Frau B., recht gehabt haben. Sie hatten als Einzige den Weitblick.

Anmerkung: Was nützt Frau B. diese Bemerkung im Nachhinein? Ihr ging es nicht ums Recht haben, sondern um Gerechtigkeit und menschenwürdige Arbeitsbedingungen in dieser Klinik. Sie hätte sich manchmal lieber gewünscht, sie hätte nicht recht gehabt und hätte sich geirrt, denn *Irren ist nun mal menschlich.* - - - - - - - - - - - - -
- -
- -

1990 in einer Universitätsklinik in Thüringen, Wendezeit:
Frau B. wurde basisdemokratisch zur Personalratsvorsitzenden der Radiologischen Klinik gewählt.
Es soll eine neue Abklinganlage für radioaktive Isotope gebaut werden, für die zwar eine Genehmigung vorlag, aber zu DDR-Zeiten aus finanziellen Gründen nicht gebaut werden konnte. Im Einigungsvertrag stand jedoch, daß bereits erteilte Genehmigungen weiterlaufen sollen, um den weiteren Klinikbetrieb zu gewährleisten.
Anfrage von Frau B. an den Klinikdirektor, ehemaliges SED-Mitglied und den Strahlenschutzbeauftragten, ehemaliger SED Parteisekretär der Klinik, ob dies auch den neuesten Strahlenschutzbestimmungen entspreche, worauf sie keine Antwort erhielt.
Daher erfolgte eine schriftliche Nachfrage durch Frau B..
Klinikdirektor und Strahlenschutzbeauftragter reagierten empört, antworteten dann aber doch schriftlich, man bemühe sich, usw............
Frau B. dachte dann, daß es damit gut sei und daß Klinikdirektor und Strahlenschutzbeauftragter ja wohl so verantwortungslos nicht sein würden, die Abklinganlage doch nach den alten Strahlenschutzbestimmungen zu zu bauen. Was für ein fataler Irrtum!
Fazit: Die Abklinganlage wurde gebaut, konnte aber so nicht in Betrieb gehen, da sie nicht den neuen Strahlenschutzbestimmungen entsprochen hat. Es war ein Umbau erforderlich, der etwa 1 Million DM gekostet haben soll. Der Steuerzahler bezahlt ja. - - - - - - - - - - -
- -
- -

1990 in einer Universität in Thüringen, Wendezeit, Evaluierung (durch Naturwissenschaftler) für alle Akademiker, die Publikationen, Vorträge und Vorlesungen aufführen sollen. Medizinische Betreuungsleistungen der Ärzte fehlen völlig. Frau B. und ein weiterer ärztlicher Kollege aus der Inneren Medizin protestieren dagegen, woraufhin auch die medizinischen Betreuungsleistungen der Ärzte mit in die Evaluierung einbezogen werden.
Frau B. sagte damals zu einem verantwortlichen Naturwissenschaftler (Mathematikprofessor): *Wenn Sie in die Universitätsklinik gehen, dann wollen Sie doch gut medizinisch betreut werden, von Ärzten, nicht wahr?* Was ihn scheinbar überzeugte. - - - -

Ca. 1991, in einer Universitätsklinik in Thüringen, während einer Visite mit dem Klinikdirektor, ein Tag zuvor hatte ein Physiker der Klinik eine Weiterbildung gehalten, wo Herr B, der damalige Ehemann von Frau B. und Mathematiker, gegen Ende dazu kam, da er Frau B. abholen wollte.

Frau B., an sich mathematisch begabt, hatte von dem Vortrag so gut wie nichts verstanden. In Erinnerung ist ihr nur der Begriff Monte-Carlo-Methode, wo es ihr auf der Zunge lag, zu fragen, ob das eine Verhütungsmethode sei.

Klinikdirektor: *Frau B., wie hat denn Ihrem Mann die Weiterbildung gestern gefallen?*

Frau B. meinte: *Überhaupt nicht. Das war für einen Mathematiker kaum zu verstehen. Wie soll das dann ein Arzt verstehen?* Ruhe. - - - -

- -

- -

1992 in einer Universitätsklinik in Thüringen, Besprechung mit verschiedenen Vertretern aus verschiedenen Berufsgruppen, Frau B. nimmt als einzige Ärztin daran teil:
Zitat des Klinikdirektors: *Die Ärzte sind zu dumm, ein Formular auszufüllen.*
Frau B. verbittet sich eine derartige Bemerkung und dann noch einmal kräftig. Betretenes Schweigen. -
- -
- -

1988 in einer Universitätsklinik in Thüringen:

Ein Patient soll Freitagnachmittag plötzlich und überraschend in eine andere Klinik verlegt werden. Ein Arztbrief muß geschrieben werden.

Frau B. schreibt ihn handschriftlich vor und bittet die Chefsekretärin darum, den Brief zu schreiben, da sie den beiden Sekretärinnen, die normalerweise für Frau B. schreiben, frei gegeben hat. Die Chefsekretärin ist entrüstet über das Ansinnen von Frau B., woraufhin Frau B. sich behauptet und die Chefsekretärin auffordert, sich darum zu kümmern, daß der Brief geschrieben wird.

Nächsten Montag in der Dienstbesprechung am Morgen:

Es erfolgt eine öffentliche Rüge durch den Klinikdirektor an Frau B.: *Wir früher....hätten uns selbst an die Schreibmaschine gesetzt.* Frau B. verteidigt sich, behauptet sich und verweist darauf, daß sie noch etwas anderes zu tun hätte, sich nämlich um Patienten zu kümmern. Sie hatte eine Station mit ca. 27 onkologischen Patienten und war einzige Ärztin auf dieser Station. Der Klinikdirektor gibt ihr dann recht.

Anmerkung: Eine ärztliche Kollegin sagte ihr danach, daß die Chefsekretärin an diesem Freitag schon 2 Stunden früher gegangen sei.

Anschließend erhielt Frau B. noch eine Rüge von der älteren streng katholischen Sekretärin aus der Ambulanz, die den Brief dann geschrieben hatte, daß sie doch leserlicher schreiben solle.

Frau B. reichte es. -

Ca. 1986 in einer Universitätsklinik in Thüringen, Gespräch mit einer älteren streng katholischen Sekretärin: *Frau Doktor, wenn ich will, kann ich Sie beim Oberarzt ordentlich schlecht machen.*
Antwort von Frau B.: *Was haben Sie denn davon?*
Ruhe.
Anmerkung: Diese Sekretärin ging jeden Sonntag regelmäßig in die katholische Kirche und sicher auch zur Beichte. - - - - - - - - - - - - - -
- -
- -

1977 in einer Universitätsklinik in Thüringen, Gespräch der vorgesetzten Oberärztin (Pfarrerstochter) mit einem ärztlichen Kollegen, Frau B. stand zufällig daneben und konnte es hören.
Arzt: *Na, wie geht es denn hier so?*
Oberärztin: *Ganz gut, bis auf Frau B., die hält was aus, der muß man richtig eins drauf geben, bis sie merkt, wie das hier läuft.*
Und es lief schlecht. -
- -
- -

Ca. 2014 in einer Reha.-Klinik in NRW:
Zufällig war in einem Gespräch mit dem Verwaltungsdirektor das Gespräch darauf gekommen, daß Frau B. sich aufgeregt hatte, daß etwa 3 bis 4 Patientinnen mit einer Traumafolgestörung keine Verlängerung um 1 Woche bekommen sollten, da das Kontingent der Rentenversicherung für Verlängerungen bereits im Oktober aufgebraucht war. Man könnte auch sagen, es war schlecht damit gewirtschaftet worden, und es war zuvor sehr großzügig damit verfahren worden (von der ärztlichen Leitung der Abteilung).
Und der Verwaltungsdirektor sprach sinngemäß und lehnte sich weit in seinem Sessel zurück: *Ich bin nur Ökonom, habe keine Ahnung von medizinischen Dingen* und entledigte sich damit jeglicher Verantwortung, war aber den Ärztlichen Abteilungsleitern vorgesetzt, denn einen Ärztlichen Direktor gab es nicht.
Daraufhin entgegnete Frau B.: *Eben, ja genau deshalb, weil Sie davon keine Ahnung haben, sage ich es Ihnen, wie es doch möglich gemacht werden könnte, durch 2-3 Tage Verlängerung eine ganze Therapiewoche möglich zu machen, zumal Betten nicht belegt sind, das Personal ohnehin da ist, 3-4 Essen ohnehin übrig sind.* Frau B. erklärte ihm den medizinischen Hintergrund. Danach stimmte er zu, unter der Bedingung, daß die ärztliche Leitung noch ihre Zustimmung gibt. Und sie gab sie nicht dazu. Sie kannten die Patientinnen auch kaum, hatten sie im Allgemeinen einmal in der Anreisegruppe und einmal bei der Zimmervisite in der ganzen Zeit gesehen, was dann im Abschlußzeugnis von Frau B. als regelmäßig beschrieben worden ist.
Anmerkung: Und dann heißt es wieder, es seien die ökonomischen Zwänge und/oder die Rentenversicherung (damaliger Ärztekammerpräsident). Dabei war es ein Fehler der ärztlichen Leitung, den sie so hätte leicht wieder gut machen können. Dazu war sie aber nicht fähig, leider. *Arroganz der Macht,* fällt mir gerade ein. - - - - - -

- -

- -

1983 in einem Thüringer Krankenhaus, Röntgenabteilung in einer Chirurgischen Klinik:

Die Chirurgen mußten regelmäßig eine Strahlenschutzbelehrung durch Frau B. erhalten.

Sie kannte diese langweiligen Belehrungen und wollte ihre chirurgischen Kollegen, mit denen sie sich sehr gut verstand, nicht damit nerven, aber ihnen den Strahlenschutz doch ans Herz legen, denn es ging ja um ihre Gesundheit und Strahlenbelastung. So überlegte sie, wie sie es hinbekommen könnte, sie zu erreichen, und sie begann mit einem Vers von Matthias Claudius:

Siehst du den Mond dort stehen, er ist nur halb zu sehen und ist doch rund und schön, so sind wohl manche Sachen, die wir getrost belachen, weil uns're Augen sie nicht sehen.

Und so ist es auch mit Röntgenstrahlen. Man sieht sie nicht, man riecht sie nicht, man usw....und sie sind doch da.

Sie waren ganz Ohr, eine Stecknadel hätte man fallen hören können. Erst dann kamen die Hinweise, die Werte und Zahlen und vielleicht auch ein paar Situationen, wo die Chirurgen es mit dem Strahlenschutz nicht so genau nahmen, weil es schnell gehen mußte. Und Bleischürze und Bleihandschuhe sind nun einmal lästig und halten auf. Zum Ende der Strahlenschutzbelehrung fragte ein Oberarzt Frau B., wann sie denn wieder eine Strahlenschutzbelehrung machen würde.

Anmerkung: Heute würde sie ihnen vielleicht ein eigenes Gedicht oder Lied vortragen. -
- -
- -

Mitte der Neunziger in einer Uni-Klinik in Baden-Würtemberg:
Er, ein Patient mit einem Morbus Hodgkin, stellte sich vor Frau B.
hin, nahm die Hände hoch, als ob er um Gnade flehen wollte, er
sprach: *Wenn sie wüßten, was ich im Krieg durchgemacht habe.*
Frau B. meinte sinngemäß: *Wir sind hier nicht im Krieg. Der Krieg
ist vorbei, jetzt ist Frieden und hier werden Sie behandelt, damit Sie
wieder gesund werden.*
Dann nahm er die Hände wieder runter. - - - - - - - - - - - - - - - - - -
- -
- -

Nach der Wende, ein naher Verwandter, der Arzt ist und einen
Chefarzt aus Westberlin bekommen hat:
*Weißt Du, H., der neue Chefarzt aus Westberlin ist so schlimm, es ist
noch schlimmer als damals im Stasi-Gefängnis der DDR.* - - - - - - - -
- -
- -

In einem Thüringer Krankenhaus, Anfang der Achtzigerjahre,
Chirurgische Abteilung:
Der Chefarzt begegnet Frau B. und fragt: *Na, Sie Kämpfer, was
wünschen Sie sich denn für das Neue Jahr?*
Noch ein paar Kämpfer, erwiderte Frau B., und der Chefarzt sagte
kein einziges Wort mehr, drehte sich um und ging. Und wenn ihm
irgendetwas nicht paßte, es nicht hören wollte, dann soll er sein
Hörgerät einfach ausgestellt haben. -
- -
- -

In einem Ethikseminar für Medizinstudenten in Baden Würtemberg, 1997/1998:

Ein Psychiater stellte einen Fall vor, wo eine Patientin von ihm immer wieder von oben in die Tiefe (den Tod) springen wollte und er therapeutisch einfach nicht weiter kam, obwohl er sich große, aber vergebliche Mühe gab.

Dann meinte er etwas genervt: *Dabei hat sie doch eine ganz stinknormale Ehe.*

Frau B. antwortete sinngemäß darauf: *Genau das ist es, diese Stinknormalität.*

Dann war eine beinahe peinliche Ruhe eingetreten. Jeder der Anwesenden wußte wohl jetzt Bescheid, warum der Psychiater nicht weiter kommen konnte. -

- -

- -

In einer Strahlentherapie-Abteilung eines Krankenhauses in Niedersachsen 1997:

Ein Patient kommt bei Morbus Basedow, einer Autoimmun-erkrankung, zu einer antientzündlichen Bestrahlung des Retro-bulbärraumes hinter den Augen bei erheblichem Exophthalmus (Hervortreten der Augen durch Immunkomplexablagerungen) und Frau B. fragt ihn, ob er denn in letzter Zeit ein einschneidendes Erlebnis gehabt habe.

Er sagte, daß ihn das noch niemand gefragt habe, er aber seine Arbeitsstelle durch betriebsbedingte Kündigung verloren habe, womit er überhaupt nicht gerechnet habe, zumal er Betriebsrats-vorsitzender gewesen sei und er den Arbeitsplatzverlust nicht bzw. nur schwer verkraftet habe.

Inzwischen habe er aber wieder eine Arbeit gefunden, möchte aber keinesfalls in der Arbeitszeit bestrahlt werden, da er befürchte, sonst erneut seinen Job zu verlieren.

Frau B. sorgte dafür, daß er außerhalb seiner Arbeitszeit bestrahlt werden konnte. Er fühlte sich dann sichtlich erleichtert. - - - - - - - - -
- -
- -

SPRECHENDE AUGEN

**Nie werde ich ihn vergessen
den Blick
diesen unvergeßlichen Blick
einer stummen Frau**

**Nie werde ich ihn vergessen
diesen Blick
diesen Augenblick
der mehr sagte
als Worte sagen können**

**ihre Zunge löste
in einem Blick
UNENDLICHE DANKBARKEIT**

**und daneben die Schreihälse
die sprachlos wurden
verstummten
in einem neidischen Blick
erstarrten**

1999

1999 Krankenhaus in Hessen, Strahlentherapieabteilung: gewidmet
einer ärztlichen Kollegin und Patientin, an Mamma-Ca erkrankt.

STRAHLEN und **SEELE**
haben etwas gemeinsam
SIE SIND UNSICHTBAR
Sie werden sichtbar
in ihrer Wirkung

Gewissens-Unfreiheit

Er war der Personalchef in einem Krankenhaus in der südwestlichen Bundesrepublik, und er hatte mich wegen einer Chefarztbeleidigung zu einem Abmahnungsgespräch geladen, an dem auch dieser Chefarzt teilnehmen sollte. Ich sollte so noch die Möglichkeit bekommen, mich dazu noch zu äußern, obwohl die Abmahnung eigentlich schon als beschlossene Sache galt. Ich hatte den Chefarzt allerdings nur schriftlich auf die Einhaltung des Arbeitszeitgesetzes hingewiesen und auch die Bußbestimmungen bei Verletzung des Arbeitsschutzgesetzes beigelegt. Bei vorsätzlicher Verletzung des Arbeitsschutzes war sogar eine Freiheitsstrafe möglich. Ich hatte also präventiv gehandelt, um eine Verletzung dieser Bestimmungen zu vermeiden. Und das war auch sehr wichtig, zumal von ihm bereits einige ethisch nicht tragbare Anordnungen getätigt worden waren, ich mich an den Personalchef gewandt hatte, dieser aber keinerlei Reaktion gezeigt hatte. Als ich mich diesbezüglich einige Zeit später mit der Landesärztekammer in Verbindung setzte, wurde mir recht gegeben, und es sollte eine Untersuchung zur Einhaltung der Strahlenschutzbestimmungen erfolgen.
Nun wieder zu dem Abmahnungsgespräch. Ich ließ mich zuvor rechtlich vom Marburger Bund beraten und sollte gleich anfangs auf meine rechtliche Vertretung hinweisen.
Mit dem Betriebsrat, ich weiß nicht, ob es sogar der Vorsitzende war, besprach ich zuvor, daß ich ihn als Zeugen brauche, ich aber alles allein regeln würde. Er war Maler und kannte sich mit den medizinischen Abläufen kaum aus, leider.
Der Personalchef, ich nenne ihn mal Herr S., meinte gleich anfangs, ich würde ihn bedrohen, als ich auf meine rechtliche Vertretung durch den Marburger Bund hinwies. Das widerlegte ich sofort.
Es ging dann weiter, ich hätte den Chefarzt bedroht. Ich machte dann klar, daß ich ihn im Gegenteil davor bewahrt habe, gegen das Gesetz zu verstoßen und ich nicht erst das Kind habe in den Brunnen fallen

lassen und dann erst gegen ihn vorgegangen wäre. Dann nahm der Personalchef Abstand von seinem Ansinnen, mir eine Abmahnung zukommen zu lassen. Womit wollte er sie denn begründen?

Beiläufig meinte er dann noch, im Krankenhaus gebe es keine Demokratie und als Ärztin hätte ich keine Gewissensfreiheit.

Weder Betriebsrat noch Chefarzt äußerten sich dazu, sondern schwiegen weiter.

Daher schrieb ich an den Herrn S. einen Brief und schlug ihm vor, mit den Ärzten der Klinik nach Grafeneck zu fahren, wo zur Nazizeit so genannte Euthanasie erfolgte und dort zu diskutieren, wo die Gewissensfreiheit des Arztes beginnt. Eine Reaktion kam wieder nicht. Was war von so einem Herrn schon zu erwarten? Bei Eingaben in der DDR habe ich zumindest nach 14 Tagen eine schriftliche Antwort bekommen. Ich denke gerade an die Arroganz des Westens, wie es Michael Gorbatschow einmal benannte. Es gibt aber auch eine Arroganz des Ostens, insbesondere von Frauen aus dem Osten gegenüber den Frauen aus dem Westen und umgekehrt. Wo bleibt die Solidarität unter Frauen in patriarchal organisierten Systemen? Da läßt es sich gut herrschen (teile und herrsche).

Als SPD-Mitglied kandidierte dann Herr S. auch noch für das Kommunalparlament. Diese Gelegenheit nutzte ich, um den Vorsitzenden des SPD-Ortsverbandes auf das Problem mit Herrn S. und seiner Äußerung bzgl. der Gewissensfreiheit des Arztes aufmerksam zu machen. Ich erwartete eine klare Positionierung dazu und würde ggf. in die Öffentlichkeit gehen. Ich bekam dann meinen Brief zurück mit dem Hinweis, daß das politische Erpressung sei.

Dabei wollte ich nur ein klare Positionierung des Herrn S. zur Frage der Gewissensfreiheit des Arztes haben, zumal er ja Personalchef war. Ich hätte ja auch fragen können, wo eigentlich sein Gewissen bleibt, wenn ich auf unethisches Verhalten des Chefarztes aufmerksam mache und er nicht einmal darauf reagiert. Und letztendlich hat die Öffentlichkeit ein Anrecht darauf zu erfahren, wen sie wählt und wie jemand zum Grundgesetz steht, denn

Gewissensfreiheit hat jeder Bürger der BRD. Dieses Grundrecht wurde schon auf der Nationalversammlung in der Paulskirche in Ffm. 1848 in die erste deutsche Verfassung aufgenommen.

Zu meiner Überraschung zog dann Herr S. seine Kandidatur plötzlich zurück.

Da ich von Herrn S. trotz meines Alters von fast 50 Jahren und langjährig erfahrener Fachärztin nur einen befristeten Arbeitsvertrag über 2 Jahre erhalten hatte, brauchte ich nicht einmal zu kündigen.

Der Präsidentin der Landesärztekammer, die ihrer Verantwortung gerecht geworden ist, schenkte ich aus Dank einige Gedichte und selbst gemalte Bilder von mir, die damals in die homepage der Landesärztekammer gestellt wurden.

Blumen des Gewissens

Siebentes Stockwerk

Sonntag
Erster Advent

Wenn es dunkel wird
über Frankfurt
wird ein Licht angezündet
von Haus zu Haus
von Tür zu Tür

breitet sich die Botschaft aus

es wird der Tag kommen
an dem es Licht wird
in der Finsternheit
ein Stern aufgeht
am Horizont
und UNS
erleuchtet.

Wenn es dunkel wird
über Frankfurt
ist die Zeit
zum Lesen
Zeit zum Träumen
Zeit zum Dichten
und für Adventsgebäck.

Wenn es dunkel wird
über Frankfurt
kommen der Mond
kommen die Sterne
und träumen mit uns
tragen uns fort
durch die Wolken

und bringen uns wieder

auf die Erde.

Taxifahrer für Patienten

Es war in einer Klinik, Strahlentherapieabteilung, Ende letzten Jahrtausends, die wegen des Strahlenschutzes im Keller lag und mein Zimmer, ein ehemaliger Kartoffelkeller, kein Fenster hatte. Ich hatte es mir schön gemacht, selbst gemalte Ölbilder an der Wand angebracht und vergrößerte Fotos von schönen Jugendstil-Fenstern als Poster mit Klebestreifen an die Wand geklebt. Schön hatte ich es mir also eingerichtet, und an der Tür hatte ich ein Poster befestigt, auf das ich eine Kopie eines von mir gemalten Mohnblumen-Straußes geklebt hatte. Unter das Bild hatte ich in grüner Schreibschrift einen Camus-Spruch geschrieben: "*Woher Du auch kommen magst, tritt ein und sei willkommen*".

An die Flurwand hatte ich auch noch vergrößerte Fotos geklebt, z.B. ein Bild mit einem runden Tisch, auf dem es sich vor einem Sylt-Haus eine Katze gemütlich gemacht hatte. Es war ein schöner Schnappschuß gewesen, wie man so sagt.

Die PatientInnen kamen gern in mein Zimmer, fühlten sich eingeladen. Nur einmal fragte mich eine jüngere Frau, die in einer Bank arbeitete, in einem ziemlich aggressiven Ton, wo denn der Kalender an der Wand sei und was ich für Pakete anzubieten habe.

Ich sagte ihr, daß es hier keine Pakete gibt, was ihr wohl nicht so gefiel.

Gegenüber von meinem Zimmer hatten die beiden Sekretärinnen ihr Arbeitszimmer. Sie nahmen zugleich die Patientinnen in Empfang und schrieben die Berichte.

Auch die Taxifahrer meldeten sich bei ihnen, wenn sie Patienten brachten oder abholten.

Es waren immer die gleichen Taxifahrer, die die PatientInnen über einen ganzen Bestrahlungszyklus, der meistens über ca. 5-6 Wochen ging, täglich brachten und abholten. Und da gab es viel Zeit während der Fahrt, sich über Krankheit, das Wetter und Sonstiges zu unterhalten.

Vielleicht erfuhren die Taxifahrer sogar mehr über meine PatientInnen als ich, denn als Ärztin sah ich die PatientInnen mindestens nur einmal in der Woche, um die Reaktion auf die Strahlentherapie zu überprüfen.

Ich fand, daß die Taxifahrer ganz wichtige Menschen für die PatientInnen während der Bestrahlungszeit waren und kam dann auf die Idee, ihre wichtige Arbeit zu würdigen und ihnen ein Überraschung zum Nikolaustag zu bereiten, was ich den beiden Sekretärinnen mitteilte, die das auch gut fanden und es mit mir gemeinsam machen wollten. So kaufte ich ein paar Süßigkeiten und legte noch so nebenbei ein selbst gedichtetes Gedicht zum 1. Advent dazu.

Die beiden Taxifahrer waren sehr erfreut und dankten herzlich. Die Überraschung war gelungen.

Ein paar Tage später kamen wir ins Gespräch, und ein Taxifahrer sagte mir dann, daß das Gedicht von mir ihm am meisten gefallen habe. Das war dann für mich eine Überraschung.

Später erlebte ich einmal einen Taxifahrer in einem anderen Krankenhaus in Baden-Würtemberg, der zu mir sagte, ich wäre so anders und er würde mit mir gerne zusammen bei mir zu Hause einen Kaffee trinken, er würde auch Kuchen besorgen. Ich lehnte höflich ab. Er erzählte mir, auf dem Flur des Krankenhauses, daß er Geschichten schreibe und PatientInnen ihm so viel erzählen würden, was er dann aufschreibe.

Einmal sei er mit einer Patientin, der es sehr schlecht gegangen sei, einfach ca. 50 km über die Autobahn gefahren, wo sie ihr Herz habe ausschütten können und ihr es dann besser gegangen sei. Ich sagte ihm dann, daß sie durch das Gespräch mit ihm sicher so einiges habe relativieren können, was ihm sichtlich gut tat. So wie er jedenfalls schaute, fühlte er sich verstanden.

Ja, so wichtig können Taxifahrer sein für Menschen, die sich durch eine Cancer-Erkrankung oft in einer existenziellen Bedrohungslage oder Krise befinden.

Als meine eigene Mutter in einer Klinik in Sachsen-Anhalt bestrahlt werden mußte und ca. 70 km (keine Autobahn) bis zur nächsten Universitätsklinik mit dem Taxi fahren mußte, ließen sie die MTR täglich mehrere Stunden warten, obwohl sie einen festen Bestrahlungstermin hatte. Gut, das kann mal passieren, da in der Medizin ja auch immer mal etwas dazwischen kommen kann, aber jeden Tag, das war eine Zumutung, für Patientin und Taxifahrer.

Ich riet meiner Mutter daher, dies den MTR zu sagen. Dann wurde ihr der erste Termin ganz früh, wahrscheinlich gegen 7 Uhr, gegeben. Nun mußte sie jeden Tag gegen 4 Uhr aufstehen, damit sie rechtzeitig zum Bestrahlungstermin da sein konnte. So klappte es dann. Die frühe Uhrzeit nahm sie lieber in Kauf als das Risiko des langen ungewissen Wartens, das man ja auch als (unbewußten?) Machtmißbrauch ansehen kann. Gut, daß sie einen netten Taxi-Fahrer hatte. Danke.

Mit ganzem Herzen
von ganzem Herzen

sich
nicht nur
ein bißchen engagieren
sondern leidenschaftlich
nicht nur, ein bißchen kritisieren
sondern, leidenschaftlich
nicht nur, ein bißchen lieben
sondern, leidenschaftlich
nicht nur, ein bißchen leben
sondern, leidenschaftlich
nicht nur
ein bißchen Mensch sein
sondern
leidenschaftlich
ganz

19. August 1998

Wie ich auf den Titel *"Gerechtigkeit leben ist gesundes Leben"* gekommen bin

Sokrates sprach einmal sinngemäß über die Tugend:
Es geht nicht nur darum, zu wissen, was Gerechtigkeit ist, sondern gerecht zu sein, genauso wie wir nicht nur wissen wollen, was Gesundheit ist, sondern gesund sein wollen.

Und da frag(t)e ich mich, wie sieht es denn nun mit der Gesundheit in der deutschen Medizin-Landschaft aus?

Zur Autorin

Sie ist 71 Jahre, wurde am 6. Mai 1952 in Quedlinburg geboren, hat von 1970 bis 1975 in Leipzig und Jena Medizin studiert und zuvor vier Jahre die Internatsschule Schulpforte besucht, 1970 Abitur gemacht und gleichzeitig das Krankenschwestern-Examen abgelegt. Mit 23 Jahren war sie approbierte Ärztin, hat 1978 zum Morbus Hodgkin promoviert und 1981 ihre Facharztausbildung abgeschlossen.

Sie sprach bereits ca. 1976/1977 in der DDR vom Mißbrauch des ärztlichen Ethos, hat als Fachärztin für Radiologie an verschiedenen Kliniken in der DDR und seit 1994 in den westlichen Bundesländern gearbeitet, war bei befristeten Arbeitsverträgen wiederholt arbeitslos, hat mit 53 Jahren das Fachgebiet gewechselt und zehn Jahre in der Psychosomatischen Medizin gearbeitet, wo sie sich auf Traumatherapie, Psychodrama und Ego-state-Therapie spezialisiert hat. Sie setzte sich durch ihre Tätigkeit in der Radioonkologie schon sehr früh mit existenziellen Themen auseinander und kam zu der Auffassung, daß die Technik dem Menschen dienen muß und nicht umgekehrt.

Durch ihre tiefgründigen Erfahrungen in der Radioonkologie und Psychosomatischen Medizin ist sie zu der Auffassung gelangt, daß geistiges Wachstum bis zum Ende der Tage ein gesundes lebendiges Altern ermöglicht und die wichtigste Prävention von Cancer und Demenz ist. Lieblosigkeit macht krank. Das ist inzwischen von der neueren Hirnforschung bewiesen. ***Menschlichkeit heilt,*** heißt das erste Buch der Autorin, wo sie über ihr Leben als deutsche Ärztin in Ost und West berichtet.

Während der Wendezeit hat sie mit einer damaligen Freundin durch ihr Engagement für Pluralität wesentlich mit dafür gesorgt, daß bei der ersten Kommunalwahl die absolute Mehrheit einer Partei verhindert wurde. Sie saß während der Wende kommunalpolitisch am Runden Tisch, wurde in einer Radiologischen Universitätsklinik Thüringens basisdemokratisch zur Personalratsvorsitzenden gewählt, konnte bei der Evaluierung der Ärzte während der Wendezeit erreichen, daß auch die medizinische Betreuung mit berücksichtigt wurde, nicht nur wissenschaftliche Publikationen und Vorträge. 1994 setzte sie sich im Namen der Opfer entschieden und überzeugend dafür ein, daß ein ehemaliger IM nicht als Bürgermeisterkandidat bei der Kommunalwahl aufgestellt werden konnte, nachdem zuvor zur Vermeidung einer Pauschalisierung und einer oberflächlichen Gleichmacherei Einsicht in die Stasi-Akten genommen worden ist, Schuld konkret erkannt und benannt werden konnte.

Der Autorin geht es nicht darum, einzelne Personen zu benennen oder sie im Nachhinein zur Verantwortung zu ziehen, sondern sie möchte Zeugnis ablegen und Menschen klar machen, sie ermahnen, daß jeder Opfer des Medizinsystems und auch seiner eigenen Politik werden kann. Sie möchte darauf hinweisen, daß bei aller Kritik am jetzigen Medizinsystem es letztendlich immer auf die einzelne Persönlichkeit ankommt, wie sie sich in diesem System aufstellt und für Menschlichkeit sorgt, unabhängig von der Berufsgruppenzugehörigkeit, kurz gesagt auf die Geisteshaltung.